AF376033

(Par. Michel Philip.
Levesque de gravelle)

# L'AMANT DÉGUISÉ,

## PARODIE

### DU QUATRIEME ACTE
### DES ÉLEMENS.

## OU

# VERTUMNE
## ET
# POMONE
### TRAVESTIS.

Répréſentée par les Comédiens Italiens le 5 Juin 1754.

Par Mr. D. G. G. M. D. E. E. F. D. T.

Le prix eſt de 24 ſ. avec la Muſique.

## A PARIS,

Chez DUCHESNE, Libraire, rue Saint Jacques,
au-deſſous de la Fontaine Saint Benoît,
au Temple du Goût.

## M. DCC. LIV.

Avec Approbation & Privilège du Roi.

# ACTEURS.

**DAPHNIS**, *Berger déguisé sous l'habit de Justine sa sœur, autrefois Confidente de Thémire.*     M. ROCHARD.

**THÉMIRE**, Bergere.     Mde. FAVART.

**SCHNAPAN**, Gardechasse.     M. CHANVILLE.

**TROUPE DE BERGERS & BERGERES.**

**TROUPE DE CHASSEURS.**

# L'AMANT DÉGUISÉ.

## PARODIE.

*Le Théâtre repréſente des Vergers.*

## SCENE PREMIERE.

D A P H N I S, *déguiſé.*

Alr. *Di queſt'alma, il ſior tormento, &c.*

'A I M E une Bergere,
Du hameau, c'eſt la plus fiere,
Ah! ſi je pouvois lui plaire,
Qu'elle écoutât mon amour!
Mais, comment lui plaire?
Elle eſt ſi ſevére,
Je n'en ſerai jamais payé de retour.

A ij

# L'AMANT DÉGUISÉ,

Hélas ! de ma chaîne,
L'inhumaine,
Fait ma peine,
Elle trouve des plaisirs,
Dans mes soupirs.
J'aime une Bergere,
Je ne puis le taire,
Et de ma flâme sincere,
Je cache toujours l'objet.
Trop de silence,
Est une offence,
Echos, sçachez mon secret.
Mais, que vais-je dire,
Tout doit vous instruire,
Pour qui le Dieu d'amour,
M'enflamme en ce jour.
Un feu, qu'elle ignore,
Me dévore,
Je l'adore ;
Pourquoi sçait-elle charmer,
Sans sçavoir aimer.

AIR. *On ne vit plus dans nos forêts , &c.*

Ma Bergere vient en ces lieux,
La peur me saisit à sa vûë ;
Mais sous cet habit dans nos jeux,
Justine avec elle est venuë ;
Passant à ses yeux pour ma sœur,
Je lirai bien mieux dans son cœur.

# SCENE II.

## DAPHNIS, THEMIRE.

### THEMIRE.

AIR. *Pour Janete, &c.*

QUE la fête,
Qu'on aprête,
Pour mon cœur,
Aura peu de douceur
Tout nous gêne,
Tout nous peine,
Une fois,
Qu'on fuit d'amour les loix.
Ah ! qu'une âme,
Qui s'enflamme,
Pour fes feux,
Craint un fort malheureux.
Quel martire,
On foupire,
Nous craignons, le mal empire,
Tout confpire,
Semble nuire,
A l'ardeur
Qui fait notre bonheur.

### DAPHNIS.

AIR. *O Pierre, &c.*

Je te revois Thémire,

# L'AMANT DEGUISÉ,

## THEMIRE.

Juſtine eſt dans ces lieux,
Mais quel trouble m'inſpire :
Dois-je en croire mes yeux,

## DAPHNIS *à part.*

Thémire,
Soupire,
Eſt-ce un préſage heureux !

## THEMIRE.

AIR. *L'occaſion fait le larron, &c.*

Je veux tacher de lui cacher le trouble,
Que ſa préſence vient de me cauſer.
Mais malgré moi, je le ſens qui redouble,
Il eſt prêt à me déceler.

## DAPHNIS.

AIR. *Mais il eſt des moments, &c.*

Que nous formons de vains deſirs,
Quand loin de nos plaiſirs,
Le devoir nous entraîne.
Nous paſſons des moments ?
Dieux ? quels moments ?
Loin de ſa chaîne,
Un cœur tendre eſt dans les tourments.

## THEMIRE.

AIR. *Des Fleurettes, &c.*

Loin de toi, chere amie,
L'ennuy filoit mes jours ;

## DAPHNIS.

D'une absence ennemie,
Je condamnois le cours.

## THEMIRE.

Matin, & soir ces retraites,
N'entendoient que mes soupirs,
Je faisois tous mes plaisirs,
De ces fleurettes.

## DAPHNIS.

AIR. *De la Bourgogne, &c.*

En revenant au Village,
Je ne désirois que toi.

## THEMIRE.

La confiance est le gage,
Le plus certain de la foi.

DUO. { Tu sçais, que dans ce bocage,
Où nous allions tous les jours,
Nous n'avions d'autre langage,
Que celui de nos amours.

## THEMIRE.

AIR. *N'onbliez pas votre Houlette, &c.*

Seule toujours
Dans cet azile
Tranquile
Je passois chaque jour.

## DAPHNIS.

Quel qu'amant.....

### THÉMIRE.

J'en fuis les difcours.

### DAPHNIS.

Sans aimer, il eft difficile :

### THÉMIRE.

Sans aimer... ah ! dans cet azile
Tranquile
On craint peu les amours.

### DAPHNIS.

Air. *Je ne veux d'autre bien, &c.*

Pourquoi toujours fuir les Amants,

### THÉMIRE.

Juftine, j'en crains le langage,
On dit, qu'ils font tous inconftans,
En s'y fiant, on n'eft pas fage.

### DAPHNIS.

Il en eft de conftans,
Chere Thémire,
Qui n'ofent dire,
L'excès de leurs tourments.

### THÉMIRE.

Air. *Quand le péril eft agréable.*

De ces agréables retraites,
Je fais mes plaifirs les plus doux,

# PARODIE.

Je goûte ici loin des jaloux
Mille douceurs secretes.

## DAPHNIS.

AIR. *De la Barone*, *&c.*

La solitude,
N'est douce, qu'avec un Amant,
Qui de plaire fait son étude,
On ne choisit guére autrement
La solitude.

## DAPHNIS.

AIR. *Chacun a son tour*, *&c.*

De toi l'on se plaint au Village,
Chacun parle de ta rigueur ;
Pourras-tu sans cesse à ton âge,
A l'amour refuser ton cœur.
Le tems vient qu'il faut qu'on s'y soumette ;

## THÉMIRE.

Peut-être sera-ce en ce jour,
Chacun a son tour,
Liron, lirete,
Chacun a son tour.

## DAPHNIS.

AIR. *Noté* N°. 12.

Hélas ! un autre plus heureux,

*à part.*
Malgré mes feux,
Sçait donc engager cette belle.

*On entend un bruit de Chasse.*

### THÉMIRE.

Qu'entends-je, oh ciel ! quel bruit affreux !
           Perce ces lieux ,
Et me cause une peur mortelle.
Fuyons , fuyons.....

---

# SCENE III.

## DAPHNIS, THEMIRE, SCHNAPAN.

### SCHNAPAN.

Point de frayeur.

### THÉMIRE.

C'est vous justement , Schnapan , dont j'ai peur.

### SCHNAPAN.

**Air.** *De la Royale , &c.*

D'où naissent ces allarmes ,
    Dis-moi , mon tendron ,
    Qu'apréhendes-tu donc ?
Quand on a tant de charmes ,
Doit-on fuir toujours un garçon ?
Pour toi l'amour me blesse ,
    Faut-il , que tes yeux ,
    Allument tant de feux ,

J' te choifis pour maîtreffe,
    Comble les vœux,
De mon cœur amoureux.

## THÉMIRE.

AIR. *Bon, bon, ce n'eft qu'une fable, &c.*

D'une flamme fi fubite,
Je crois, que l'on peut douter.

## SCHNAPAN.

D'un rien mon ardeur s'irrite,
J' n'aim' pas à m' voir rebuter.
Quand nous aimons, dam' nous autres,
C'eft q' c'eft bon jeu, bon argent,
Et j'envoyerions aux Plautres,
Ceux qui en doutroient un moment.

AIR. *Ton humeur eft Cathérine, &c.*

Lorfque la chaffe s'apréte,
Je n'ai, que toi pour objet,
Et quand je fonne la quête,
Mon cœur gémit en fecret:
Devant moi s'il part un' bête,
Je vous la rate tout net,
C'eft q' j' t'ai toujours dans la tête,
Et q' tout ça me rend diftrait.

AIR. *Tes beaux yeux ma Nicole, &c.*

Jamais de Fanchonete,
Je n'eus le cœur épris:
Pour la jeune Lifete,
Je n'eus que du mépris.

Du Dieu du tendre empire,
Je bravois le pouvoir ;
Mais pour aimer, Thémire,
Il ne faut, que te voir.

### THÉMIRE.

AIR. *De Joconde, &c.*

Je connois trop bien le danger,
Que court une âme tendre,
Je ne veux jamais m'engager...

### SCHNAPAN.

Il faudra bien te rendre :
Mais je ne veux pas te heurter,
La réflexion faite,
Tu viendras bientôt m'accepter,
Pour mari, ma Poulette.

*Divertissement de Chasseurs.*

### SCHNAPAN.

AIR. *Noté* N°. 2.

Chantons,
Amis, sonnons,
L'amour,
En ce jour,
Va guider tous nos sons ;
Il comble mes desirs,
Chantons aujourd'hui ses plaisirs :
Suivons tous sa voix,
Vivons sous ses loix,
De l'ennui, jamais,
Nous ne craindrons les traits.
Chantons, &c.

# PARODIE.

## RONDE.

### AIR. *Noté* N°. 3.

Quand au bois vous allez filletes,
Songez à vous garer des loups ;
Ne venez point ici seulettes,
Prenez un chasseur avec vous :
Un Amant souvent d'un air tendre,
Vous joint, & vous ne fuyez pas ;
Du gaillard, qui veut vous surprendre,
Vous tombez bientôt dans les lacs.

Quand au bois, &c.

L'autre jour la jeune Colette,
En gardant ici son Troupeau,
S'endormit seule sur l'herbette,
Le loup vint, lui prit un agneau.

Quand au bois, &c.

Une Guespe passant près d'elle,
Vole en formant un tourbillon,
Tout à coup fondant sur la belle,
La pique de son aiguillon.

Quand au bois, &c.

La pauvre Bergere allarmée,
De ses cris remplit tout le bois ;
J'accours, je la trouve pâmée,
Du reméde, l'amour fit choix.

Quand au bois, &c.

### THÉMIRE.

AIR. *Au bout du monde, &c.*

Je reçois de vos feux l'homage,
Mais laissez-moi, c'est le seul gage,
Que j'exige de votre foi.
Faites votre ronde.

### SCHNAPAN.

Ah ! j'irois pour toi,
Au bout, au bout, au bout du monde.

*Il sort & sa suite.*

# SCENE IV.

## DAPHNIS, THEMIRE.

### THÉMIRE.

AIR. *Contre un engagement, &c.*

VIENS vîte, suis mes pas,
Ne laisse point Thémire...

### DAPHNIS.

Je ne te quitte pas,
Près de toi tout m'attire.

### THÉMIRE.

Partons....

**DAPHNIS.**

Pour quel azile...

**THÉMIRE.**

Reſtons... Non, non, viens-t'en...

**DAPHNIS** *à part.*

Ah *!* qu'il eſt difficile ,
De cacher ſon tourment.

**THÉMIRE.**

AIR. *L'autre jour d'un air enfantin , &c.*

Juſtine , n'apréhende pas ,
Que pour toi , mon amitié ceſſe.

**DAPHNIS.**

Plus que l'amitié ſur tes pas ,
Thémire me conduit ſans ceſſe.
Si tu ſçavois , ...

**THÉMIRE.**

Vas ! Je connois ,
Pour moi ton zéle extrême ;
Je ſçais...

**DAPHNIS.**

Non , non , tu ne ſçaurois ;
Sçavoir , combien je t'aime.

## THÉMIRE.

Aır. *J'ai vû la rose, &c.*

Crois-tu Justine ,
Qu'aux Amants les plaisirs ,
Qu'Amour destine ,
Remplissent leurs desirs.

## DAPHNIS.

Quand au gré de ses vœux ,
On jouit de ses feux ,
Il n'est plus de martire ,
Ce bonheur se sent mieux ,
Qu'on ne peut dire.

Aır. *De s'engager , &c.*

Mais ce Chasseur te touchera peut-être ,
Est-on cruelle avec autant d'attraits.

## THÉMIRE.

Moi, j'aimerois ; non , mon cœur est son maître,

## DAPHNIS.

Qui de l'amour peut éviter les traits ?

Aır. *Noté* Nᵒ. 4.

Dans ces vergers ,
Les Zéphirs légers ,
Toujours caressent la fleur nouvelle.
Le Rossignol
Jamais dans son vol
Ne suit , que sa femelle.

Vois

Vois ce palmier,
Vois-le se plier,
A l'autre il s'unit, pour former un berceau.
Vois-tu ce lierre,
Comme il se serre,
Sur ce jeune ormeau.
Les bois, les eaux,
Les fruits, les oiseaux,
Ne te présentent rien, qui n'enchante.
Dans ce séjour
Tout est de l'amour,
Une image vivante.

AIR. *Dieu des âmes, &c. Noté* N°. 5.

Quoi Thémire,
Soupire !

## THÉMIRE.

Laisse-moi....

## DAPHNIS.

Moi, te laisser !
De ton âme,
La flamme,
Ne sçauroit plus se cacher.

## THÉMIRE.

Sur ma peine
Trop certaine,
Je voudrois te consulter :
Cour, regarde,
Prends bien garde,
Que l'on ne puisse écouter.

B

### DAPHNIS.

Air. *Un mouvement de curiosité, &c.*
Tu peux parler....

### THEMIRE.

Ne peut-on nous entendre ?

### DAPHNIS.

Dans vos vergers tout respire la paix.
*à part.* { Je tremble, oh ciel ! que va-t'elle m'aprendre !
{ J'ai trop sçu lire dans ses yeux distraits.

### THEMIRE.

J'aime... Jamais, je n'ai pû m'en défendre.

### DAPHNIS.

En qui tes yeux trouvent-ils des attraits?

### THEMIRE.

Air. *Noté* N°. 6.

Si de mon vainqueur,
Je te disois le nom ?

### DAPHNIS.

Sçait-il son bonheur ?

### THEMIRE.

Hélas ! je crois, que non.
S'il sçavoit encore,

Tout, ce que je fens ;
Mais fon cœur ignore,
D'amour les tourments.
Cher vainqueur,
De mon cœur, ;
Le bonheur,
Dépend feul de ta flamme.
Comme moi
Suis la loi,
De l'amour
Qu'il te guide toujours.
Verger charmant,
Sans mon amant,
Tu redoubles mon tourment.
Ah ! fans lui, quel trifte ennui,
Mon âme,
Ne vit, que pour lui.

## DAPHNIS.

### 'AIR. *Noté* N°. 7.

Quand on voit tes attraits,
On foupire ;
L'amour de toi prend fes traits ;
Tu fais croître fon Empire :
Ce Dieu plus d'une fois,
Te défire.
Son carquois
N'a de droits,
Que par toi.
Tout ne refpire,
Que pour ta loi ;

### AIR. *Noté* N°. 8.

Dis-moi, de bonne foi,
De qui ton cœur fait choix....

#### THEMIRE.

Je n'ose te le dire...

#### DAPHNIS.

Que crains, Thémire !
De moi,
Que crains Thémire !

#### THEMIRE.

C'est Daphnis, que j'adore ;
Au feu qui me dévore,
Je n'ai pû résister,
Il sçait trop me flatter.

#### DAPHNIS.

*Justine ôte son masque & fait voir que c'est Daphnis.*

De Daphnis reçois l'homage,
Fais son bonheur
Par ton ardeur.
Que tes désirs,
Reglent mes plaisirs ;
Que l'amour,
Toujours,
Nous engage.

## THEMIRE.

Air, *Il n'eſt point de Fleurettes, &c.*

Daphnis de quelle ruſe,
Vous ſervez-vous ?

## DAPHNIS.

En amour, on en uſe,
Rien n'eſt ſi doux.

## THEMIRE.

D'une pareille offence
Je devrois vous punir.

## DAPHNIS.

Hélas ! votre ſilence,
M'a fait aſſez ſouffrir.

## THEMIRE.

Daphnis, de quelle ruſe,
Vous ſervez-vous ?

## DAPHNIS.

En amour, on en uſe,
Rien n'eſt ſi doux.

---

# SCENE V.

## DAPHNIS, THEMIRE, SCHNAPAN.

### SCHNAPAN.

*Air. Ça n' vous va brin, &c.*

S ARPEGUEN' Mademoifel' Thémire,
De vos refus,
J' n' m'éton' plus ;
C'eft Daphnis, qui fçait vous féduire ;
Tacher d' vous plair', feroient foins perdus ;
Au beau Berger, qui vous engage,
Je n' viens pas pour porter ombrage.
Oh ! j'ai pris mon parti la-d'fus ;
Ce s'roit un abus,
Q' d'en être confus.

### THÉMIRE ET DAPHNIS.

*Air. Noté N°. 9.*

Vole amour,
Vole dans ce fejour ;
Que tes traits
Pour jamais,
De nos cœurs
Reglent les ardeurs.
Sur nos vœux,
Forme tes jeux ;

De nos feux ,
Serre les nœuds :
Amour ,
Pour toujours,
Sans retour ,
Mon choix ,
De ta voix ,
Tient ses loix ;
Nos jours ,
Tour à tour ,
Dans leurs cours ,
Pour
Tes plaisirs seront trop courts.

*Divertissement de Bergers & de Chasseurs.*

## UN BERGER.

La paix & l'innocence ,
Reglent tous nos plaisirs ,
C'est dans notre silence ,
Qu'Amour lit nos desirs :
Un Berger plein de flamme ,
N'ose expliquer ses vœux ;
Mais le Dieu qui l'enflamme ,
Sçait couronner ses feux.

## UN CHASSEUR.

Dans nos desirs ,
Dans nos plaisirs ,
Loin qu'un' Maîtresse ,
D' ses attraits nous blesse.
Dans nos desirs ,
Dans nos plaisirs ,
Du vrai bonheur ,
Nous goutons la douceur.

D'aimer un jour, fi j'avions la foibleſſe,
      Sans barguigner
      La choſe, il faut bruſquer;
Et ſi la Belle veut faire la tigreſſe,
      C'eſt dans l'ſeul vin
      Qu'il faut noyer l' chagrin.
    Dans nos, &c.

## SCHNAPAN.

### Air. *La Gentille.*

Compagnons, que l' plaiſir ici raſſemble,
      Dans nos jeux
      Célébrons leurs feux.
Uniſſons Bacchus, & l'Amour enſemble,
      Sans ces Dieux,
      Peut-on être heureux?
Banniſſons loin de nous l'auſtere ſageſſe,
      N' ſouffrons point de triſteſſe;
Dans les plaiſirs paſſons nos jours,
      Qu'une tendre yvreſſe,
      Par ſes doux attraits nous bleſſe,
Dans les plaiſirs paſſons nos jours:
Que les ris, les jeux en partagent le cours.

## F I N.

Nᵒ 1.

Nᵒ 2.

FIN.
N° 3.       RONDE.
QUand au bois.

N° 4.
DAns ces ver- gers.

Nᵒ 5.
QUoy Themire.

N° 6.
SI de mon vainqueur.
Majeur.
CHer vainqueur.

Nº 7.
QUand on voit tes attraits.
Nº 8.
DIs moi de bonne foy,

N° 9.

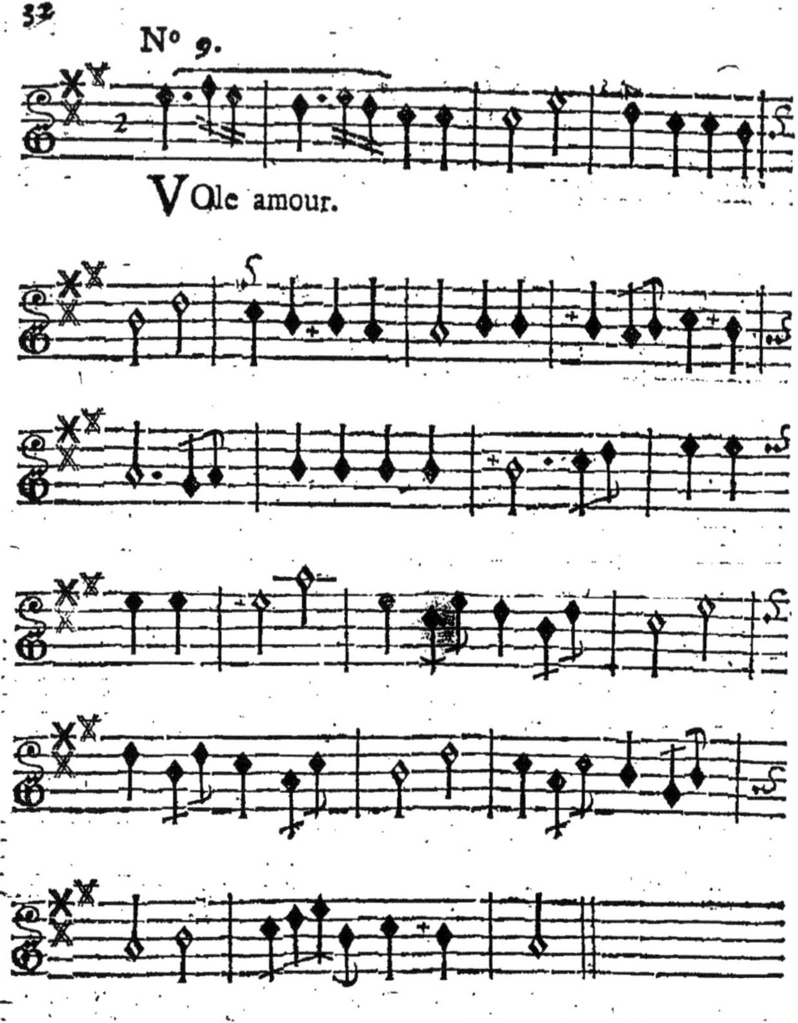


J'ai lû par Ordre de Monseigneur Le Chancelier , *l'A-*
*mant deguisé* , *Parodie* : faisant partie du nouveau Re-
cueil de Piéces de Théâtre , & je crois que l'on en peut en
permettre l'impression. A Paris , ce 17 Juin 1754.

CREBILLON.

9 782014 095418